Bailly ★ Mathy ★ Lapière

Ludo

Tranches de quartier

DUPUIS

Mille bulles de *l'école des loisirs*
11 rue de Sèvres, Paris 6e

www.millebulles.com

ISBN 978-2-211-20003-5
Première édition dans la collection Mille bulles : 2010

Loi nº 49.956 du 16 juillet 1949 sur les publications destinées à la jeunesse : mars 2010
Dépôt légal : mars 2010
Imprimé en France par par Pollina à Luçon - L52536

ET TOI, LUDO, TU AS TROUVÉ QUELQUE CHOSE ?
OUI ...
ÇA !
J'AVAIS DIT UN ROMAN, POUR UNE FOIS ...
HO, TU PEUX M'ACHETER UN ROMAN, MAIS JE VEUX ÇA AUSSI,
ON NE DIT PAS JE VEUX, MAIS JE VOUDRAIS BIEN ...
MONTRE-LE-MOI,
C'EST UNE NOUVELLE REVUE DE BANDES DESSINÉES POUR ENFANTS, MADAME ... C'EST ÉDITÉ PAR GRÜBER & SHON ET, MA FOI, C'EST ASSEZ BIEN FAIT.
DEDANS, IL Y A UNE NOUVELLE BD, "INSPECTEUR CASTAR", ÇA A L'AIR VRAIMENT TERRIBLE !
BON, BON ...
D'ACCORD, JE LE PRENDS AUSSI,
COOL !
LIBRAIRIE
MERCI, M'MAN ! ... JE LE FERAI LIRE À PAPA ...

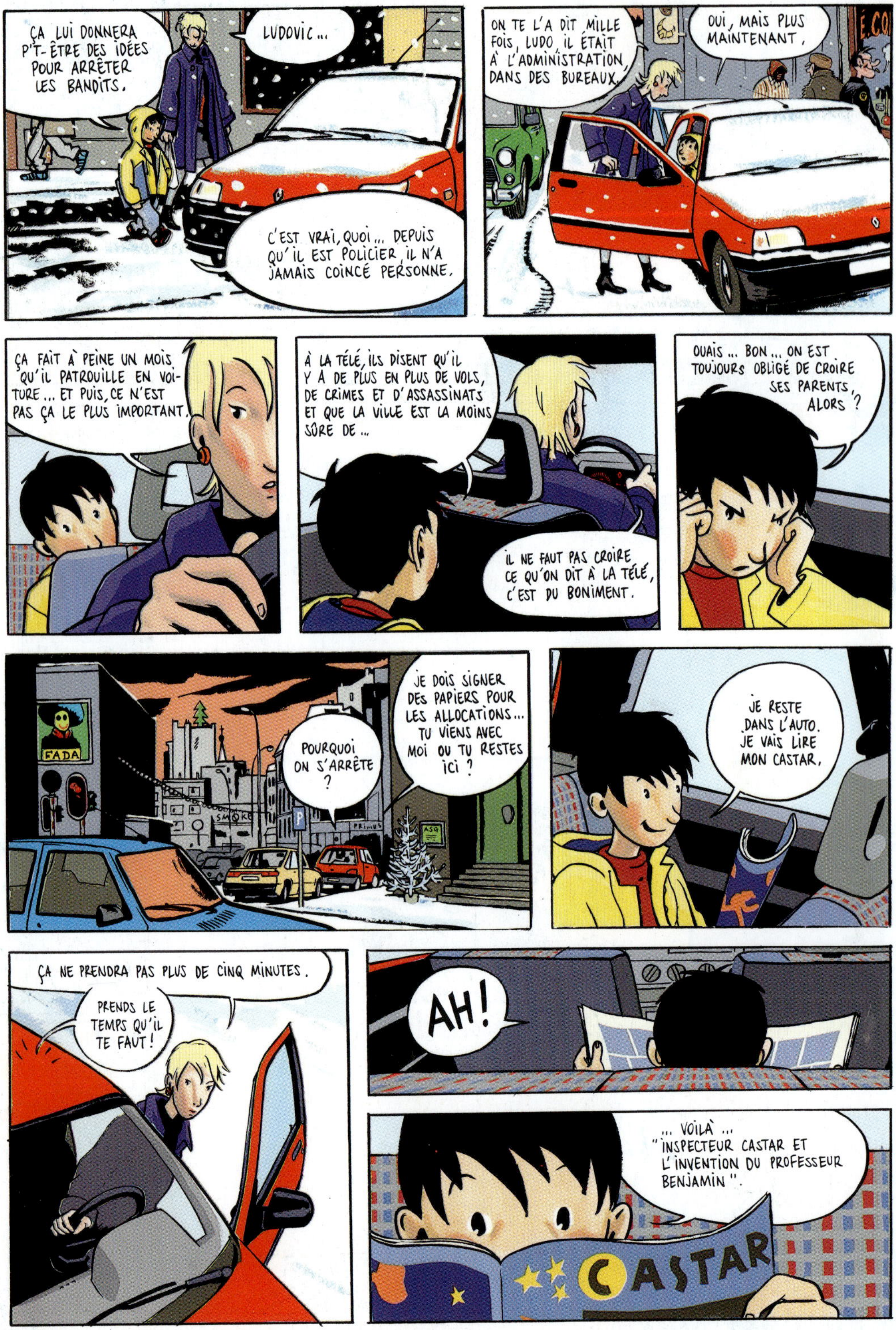
ÇA LUI DONNERA P'T-ÊTRE DES IDÉES POUR ARRÊTER LES BANDITS.
LUDOVIC...
C'EST VRAI, QUOI... DEPUIS QU'IL EST POLICIER, IL N'A JAMAIS COINCÉ PERSONNE.
ON TE L'A DIT MILLE FOIS, LUDO, IL ÉTAIT À L'ADMINISTRATION, DANS DES BUREAUX.
OUI, MAIS PLUS MAINTENANT.
ÇA FAIT À PEINE UN MOIS QU'IL PATROUILLE EN VOITURE... ET PUIS, CE N'EST PAS ÇA LE PLUS IMPORTANT.
À LA TÉLÉ, ILS DISENT QU'IL Y A DE PLUS EN PLUS DE VOLS, DE CRIMES ET D'ASSASSINATS ET QUE LA VILLE EST LA MOINS SÛRE DE...
IL NE FAUT PAS CROIRE CE QU'ON DIT À LA TÉLÉ, C'EST DU BONIMENT.
OUAIS... BON... ON EST TOUJOURS OBLIGÉ DE CROIRE SES PARENTS, ALORS ?
FADA
POURQUOI ON S'ARRÊTE ?
JE DOIS SIGNER DES PAPIERS POUR LES ALLOCATIONS... TU VIENS AVEC MOI OU TU RESTES ICI ?
JE RESTE DANS L'AUTO. JE VAIS LIRE MON CASTAR.
ÇA NE PRENDRA PAS PLUS DE CINQ MINUTES.
PRENDS LE TEMPS QU'IL TE FAUT !
AH !
... VOILÀ ... "INSPECTEUR CASTAR ET L'INVENTION DU PROFESSEUR BENJAMIN".
CASTAR

CASTAR
magazine

inspecteur iiik iiik

nick, nack

& junior

fox polder

1

L'invention du professeur Benjamin
POLICE
POUR L'INSPECTEUR CASTAR, TOUT A COMMENCÉ UN SOIR LORS D'UNE ENQUÊTE DE ROUTINE AU LABORATOIRE DU PROFESSEUR BENJAMIN...
DEPUIS PEU, DES ÉVÉNEMENTS ÉTRANGES SURVENAIENT LA NUIT DANS LE QUARTIER. DES VOISINS AVAIENT PORTÉ PLAINTE...
TOC TOC
L'INSPECTEUR ÉTAIT VENU POUR EN VÉRIFIER LE BIEN-FONDÉ.
KRAAK

PROFESSEUR BENJAMIN ?!
A... ATTENTION ...ORO...
RESTEZ CALME... NE PARLEZ PAS... JE VAIS APPELER UNE AMBULANCE.
NON ! NON ! ORO... VOUS DEVEZ... ARRÊTER ORO !
ORO ?!
MON INVENTION... MON ROBOT... IL M'A ÉCHAPPÉ... IL... IL... EST DEVENU FOU...
TAP TAP
!?
BIGRE ?!...
EUH... ON SE CALME... TOUT PEUT SE RÉSOUDRE PAR LA DISCUSSION...
L'EXOSQUELETTE ... PRENEZ L'EXOSQUELETTE ... C'EST LA SEULE FAÇON POUR...
QUEL EXOSQUELETTE ?
KLANK
LÀ...
UNE SORTE DE MULTI-PLICATEUR DE FORCE...

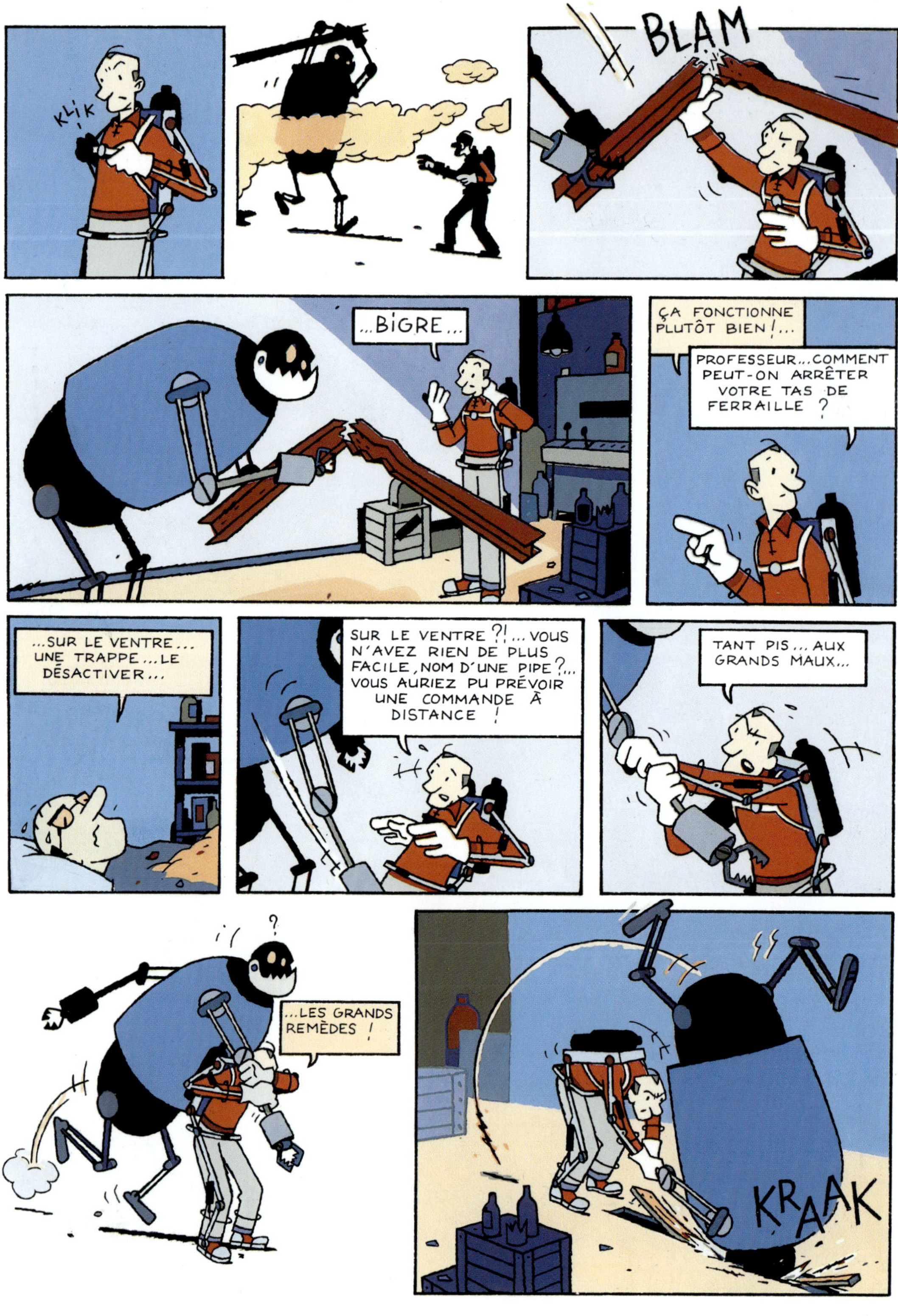
KLIK
BLAM
...BIGRE...
ÇA FONCTIONNE PLUTÔT BIEN !...
PROFESSEUR... COMMENT PEUT-ON ARRÊTER VOTRE TAS DE FERRAILLE ?
...SUR LE VENTRE... UNE TRAPPE... LE DÉSACTIVER...
SUR LE VENTRE ?!... VOUS N'AVEZ RIEN DE PLUS FACILE, NOM D'UNE PIPE ?... VOUS AURIEZ PU PRÉVOIR UNE COMMANDE À DISTANCE !
TANT PIS... AUX GRANDS MAUX...
...LES GRANDS REMÈDES !
KRAAK

BIGRE...
ON OFF
ON DIRAIT QUE J'AI RÉUSSI ...
MAIS ?!
NOM D'UNE PIPE, IL DOIT BIEN Y AVOIR UN MOYEN DE SORTIR DE VOTRE INVENTION !...
VOUS M'ENTENDEZ, PROFESSEUR ?...
PROFESSEUR !?
HÉMORRAGIE CÉRÉBRALE ... LE PROFESSEUR BENJAMIN A SOMBRÉ DANS UN COMA PROFOND... IMPOSSIBLE DE VOUS DIRE QUAND IL EN SORTIRA...
POLICE

AH MAIS NON, IL FAUT QU'IL SE RÉVEILLE, JE DOIS SORTIR DE CE TRUC.
DU CALME, INSPECTEUR, NOUS TROUVERONS PEUT-ÊTRE LE MODE D'EMPLOI PARMI LES DÉCOMBRES DU LABORATOIRE...
...VOUS DITES QUE... CELA VOUS DONNE UNE FORCE DÉCUPLÉE?
JE VAIS VOUS MONTRER.
BOUGEZ-VOUS DE LÀ, JE M'EN CHARGE!
EXTRAORDINAIRE!
INSPECTEUR, PUISQUE VOUS ÊTES PRISONNIER DE CET ENGIN, JE VOUS PRENDS À MON SERVICE PERSONNEL... VOUS SEREZ DISPENSÉ DE VOS TÂCHES HABITUELLES... JE VOUS NOMME AGENT SPÉCIAL!
POLICE
HEU... MERCI, COMMISSAIRE, MAIS JE...
PAS DE MERCI, VENEZ PLUTÔT AVEC MOI...
JE NE PEUX MALHEUREUSEMENT PAS AJUSTER VOTRE SALAIRE... VOUS SAVEZ, LA CRISE...
...DITES... JE... J'AI EU UN PETIT ENNUI EN VENANT ...UN COUP UN PEU BRUTAL SUR LA BORDURE AVEC MA VOITURE...
IL SE FAIT QUE LE CRIC EST INUTILISABLE, ET ...
CASTAR, VOUS ÊTES LA CHANCE DE CETTE VILLE!
À CE MOMENT-LÀ, L'INSPECTEUR CASTAR COMPRIT QU'IL N'ÉTAIT PAS PRÈS DE SORTIR DU MULTIPLICATEUR DE FORCE DU PROFESSEUR BENJAMIN...
fin

CASTAR
COOL ! VOILÀ CE QU'IL FAUDRAIT À PAPA, UN TRUC COMME CASTAR ! UN MULTIPLICATEUR DE FORCE !
... À CONDITION, BIEN SÛR, QU'IL NE L'UTILISE PAS POUR ME FLANQUER DES FESSÉES...
HÉ HÉ HÉ !
AU VOLEUR ! AU SECOURS !!
!?
AU VOLEUR !
C'EST UN TYPE QUI A VOLÉ LE SAC D'UNE DAME ?! ... HÉ !! ... IL VIENT PAR ICI !
BIGRE ! C'EST UNE AFFAIRE POUR L'INSPECTEUR CASTAR ...
... ATTENTION ...
PLF !
A3

!?
ET MAINTENANT, AUX GRANDS MAUX ...
... LES GRANDS REMÈDES !
... OUPS !
VLAM
HOOOOO !
LUDO ?!... MAIS ?!
MONSIEUR RUISSEAU ?!
VOUS VOLEZ LE SAC DES VIEILLES, MAINTENANT ?
MAIS NON, JUSTEMENT, JE POURSUIVAIS LE VOLEUR AVEC STOOMY !
VOYOU! DÉGÉNÉRÉ! PUNK! CHÔMEUR!
TU FAIS PARTIE DE LA MÊME BANDE, HEIN, PETIT DROGUÉ ?!
MADAME, NON ! C'EST UNE ERREUR !... IL CROYAIT QUE J'ÉTAIS LE VOLEUR !
LÂCHEZ-MOI !
OUAH!
OUAH!
REGARDEZ! ... STOOMY L'A RÉCUPÉRÉ, VOTRE SAC !
MON DIEU ! ENLEVEZ-LE-LUI ! IL VA LE DÉCHIRER !
BRAVO, STOOMY !
UN SAC EN CUIR D'AUTRUCHE! IL EST MACULÉ DE LA BAVE DE VOTRE SALE CHIEN !

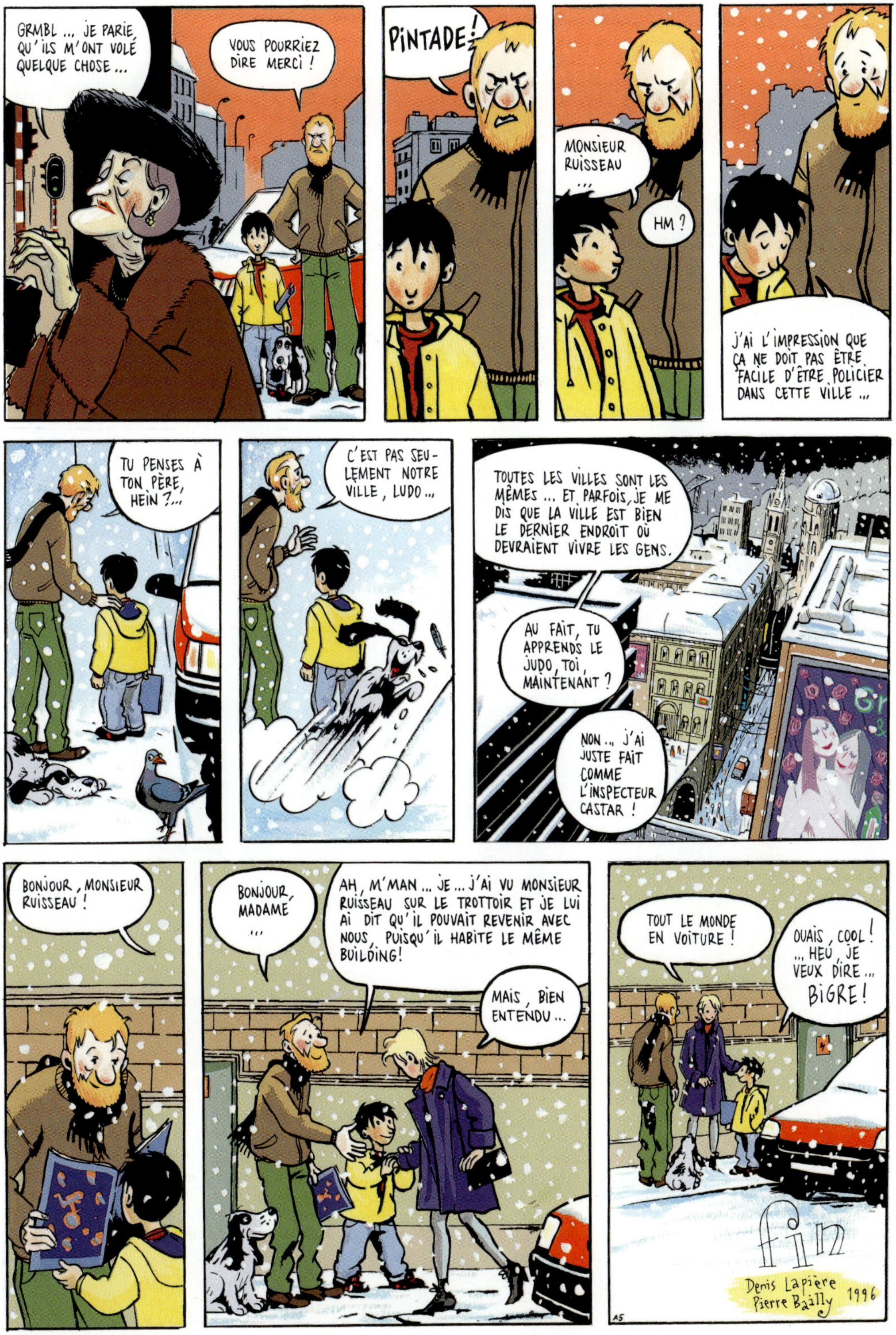
GRMBL ... JE PARIE QU'ILS M'ONT VOLÉ QUELQUE CHOSE ...
VOUS POURRIEZ DIRE MERCI !
PINTADE !
MONSIEUR RUISSEAU ...
HM ?
J'AI L'IMPRESSION QUE ÇA NE DOIT PAS ÊTRE FACILE D'ÊTRE POLICIER DANS CETTE VILLE ...
TU PENSES À TON PÈRE, HEIN ?...
C'EST PAS SEULEMENT NOTRE VILLE, LUDO ...
TOUTES LES VILLES SONT LES MÊMES ... ET PARFOIS, JE ME DIS QUE LA VILLE EST BIEN LE DERNIER ENDROIT OÙ DEVRAIENT VIVRE LES GENS.
AU FAIT, TU APPRENDS LE JUDO, TOI, MAINTENANT ?
NON ... J'AI JUSTE FAIT COMME L'INSPECTEUR CASTAR !
BONJOUR, MONSIEUR RUISSEAU !
BONJOUR, MADAME ...
AH, M'MAN ... JE ... J'AI VU MONSIEUR RUISSEAU SUR LE TROTTOIR ET JE LUI AI DIT QU'IL POUVAIT REVENIR AVEC NOUS, PUISQU'IL HABITE LE MÊME BUILDING !
MAIS, BIEN ENTENDU ...
TOUT LE MONDE EN VOITURE !
OUAIS, COOL ! ... HEU, JE VEUX DIRE ... BIGRE !
fin
Denis Lapière
Pierre Bailly 1996

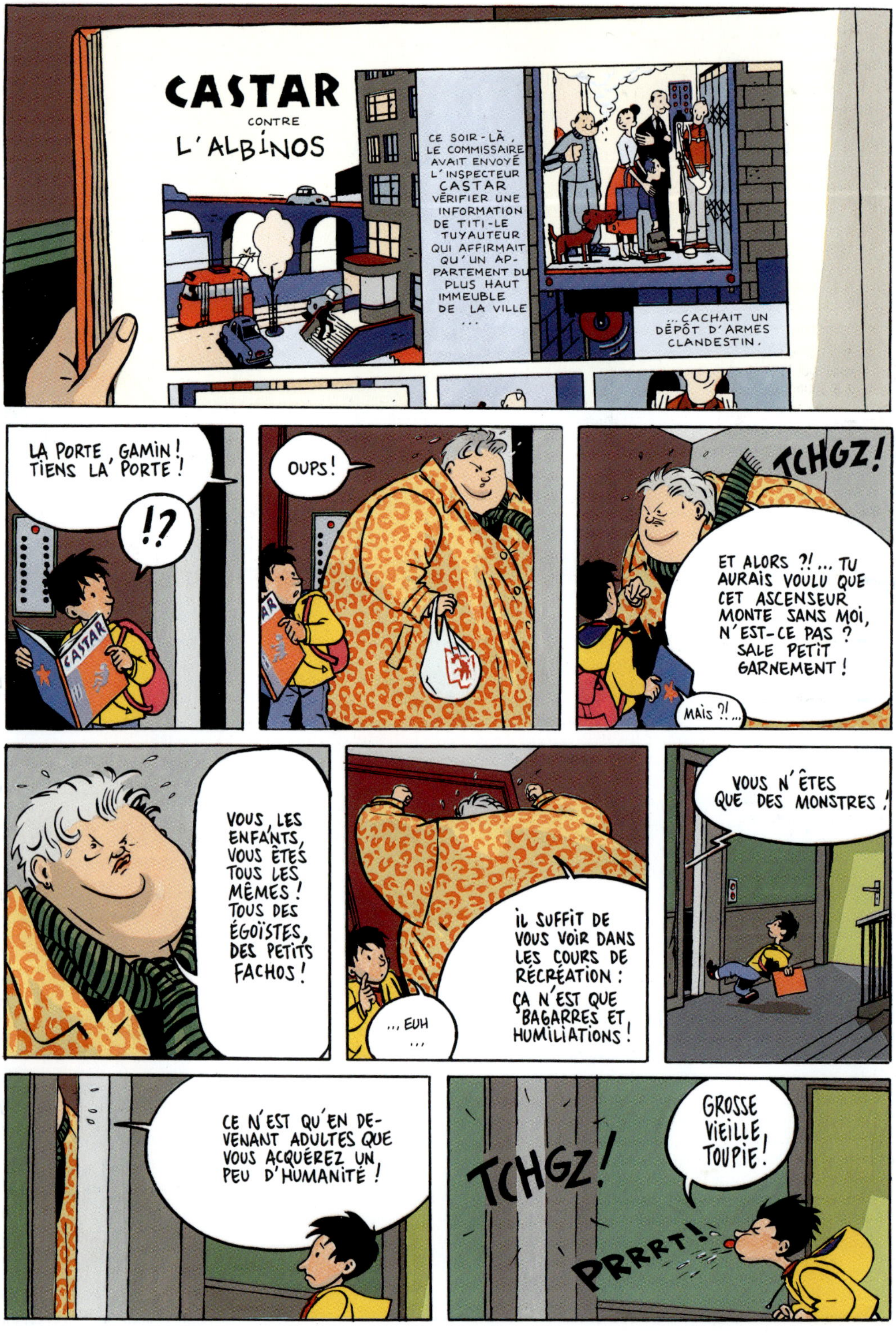
CASTAR
CONTRE
L'ALBINOS
CE SOIR-LÀ, LE COMMISSAIRE AVAIT ENVOYÉ L'INSPECTEUR CASTAR VÉRIFIER UNE INFORMATION DE TITI-LE TUYAUTEUR QUI AFFIRMAIT QU'UN APPARTEMENT DU PLUS HAUT IMMEUBLE DE LA VILLE...
...CACHAIT UN DÉPÔT D'ARMES CLANDESTIN.
LA PORTE, GAMIN ! TIENS LA PORTE !
!?
CASTAR
OUPS !
TCHGZ !
ET ALORS ?! ... TU AURAIS VOULU QUE CET ASCENSEUR MONTE SANS MOI, N'EST-CE PAS ? SALE PETIT GARNEMENT !
MAIS ?!...
VOUS, LES ENFANTS, VOUS ÊTES TOUS LES MÊMES ! TOUS DES ÉGOÏSTES, DES PETITS FACHOS !
IL SUFFIT DE VOUS VOIR DANS LES COURS DE RÉCRÉATION :
ÇA N'EST QUE BAGARRES ET HUMILIATIONS !
... EUH ...
VOUS N'ÊTES QUE DES MONSTRES !
CE N'EST QU'EN DEVENANT ADULTES QUE VOUS ACQUÉREZ UN PEU D'HUMANITÉ !
TCHGZ !
GROSSE VIEILLE TOUPIE !
PRRRT !

AH, LUDO !... ÇA S'EST BIEN PASSÉ À L'ÉCOLE ?
J'SUIS ENCORE MONTÉ AVEC LA VIEILLE TOUPIE.
ELLE T'A ENGUIRLANDÉ ?
POURQUOI ELLE FAIT ÇA ?
UN JOUR, ELLE A MÊME TRAITÉ DAVID DE PETIT SINGE À POIL NOIR !
C'EST UNE VIEILLE FEMME QUI VIT SEULE, LUDO...
TU SAIS, PARFOIS LA VIE EST DURE AVEC CERTAINES PERSONNES... AVEC L'ÂGE ELLES DEVIENNENT ALORS AMÈRES ET EN VEULENT À TOUT LE MONDE ...
TU AS DES DEVOIRS ?
NON. DEMAIN Y A THÉÂTRE.
JE POURRAIS L'ENFONCER, MAIS IL EST SANS DOUTE PRÉFÉRABLE D'ENTRER EN DOUCEUR...
571
ET HOP ! CECI VAUT N'IMPORTE QUELLE CLÉ !
EH, M'MAN ! C'EST PAS AUJOURD'HUI QUE DAVID VIENT CHEZ SON PÈRE ?
CASTAR

TU DOIS LE SAVOIR MIEUX QUE MOI.
J'PENSE BIEN QUE C'EST AUJOURD'HUI. JE VAIS VOIR.
TOC! TOC!
BONJOUR M'SIEUR! DAVID EST LÀ?
OUI, LUDOVIC, ENTRE... IL EST DANS SA CHAMBRE.
'JOUR MADAME.
ÇA VA, LUDO?
CASTAR
BEN DIS DONC, TA MÈRE EST RESTÉE, CETTE FOIS?...
BEN OUI... J'SAIS PAS C'QUI SE PASSE...
KWÂK
KWAK!
KWÂK!
...DEPUIS QU'Y SONT DIVORCÉS, MES PARENTS, ON DIRAIT QU'Y S'AIMENT MIEUX.
REGARDE! J'AI UNE NOUVELLE BÉDÉ! TU CONNAIS, L'INSPECTEUR CASTAR?

DIS DONC, SI ON ALLAIT FAIRE UNE BATAILLE DE BOULES DE NEIGE ?
COOL ! ON TERMINE DE LIRE ET ON Y VA.
CASTAR
AH NON ! TOUT DE SUITE !
HÉ !
RENDS-MOI MON CASTAR !
VIENS LE CHERCHER ! HA, HA, HA !
QUE ... JE ... J'AI LA TÊTE QUI TOURNE ...
HA HA HA
TU ES À MA MERCI, CASTAR !
L'ALBINOS ?!
TU ES TOMBÉ DANS LE PIÈGE ! CETTE PIÈCE EST REMPLIE D'UN GAZ SOPORIFIQUE DE MON INVENTION, TU VAS BIENTÔT DORMIR POUR L'ÉTERNITÉ ...
REGARDE, TU DÉFAILLES DÉJÀ ! HA, HA, HA !

ATTENDS, TU VAS VOIR !
CASTAR
RATÉ !
HAAAAA !
AUTANT QUE CELA FÛT POSSIBLE, L'INSPECTEUR CASTAR S'EFFORÇAIT DE RESTER CONSCIENT...
TU ES FOUTU, CASTAR !
IL PLIA LÉGÈREMENT LES GENOUX ET, DANS UNE TENTATIVE DÉSESPÉRÉE...

... IL FIT UN BOND EXTRA-ORDINAIRE EN ARRIÈRE !
KLIINK
CASTAR
CASTAR !
IL DÉCHARGEA SON ARME.
PAW
PAW
ET AUSSITÔT, LE GAZ S'EN-FLAMMA, EMBRASANT TOUT L'APPARTEMENT !
HO, NON ! ...
IL EST ...
... SUR LE BALCON DE LA VIEILLE TOUPIE !
ECO

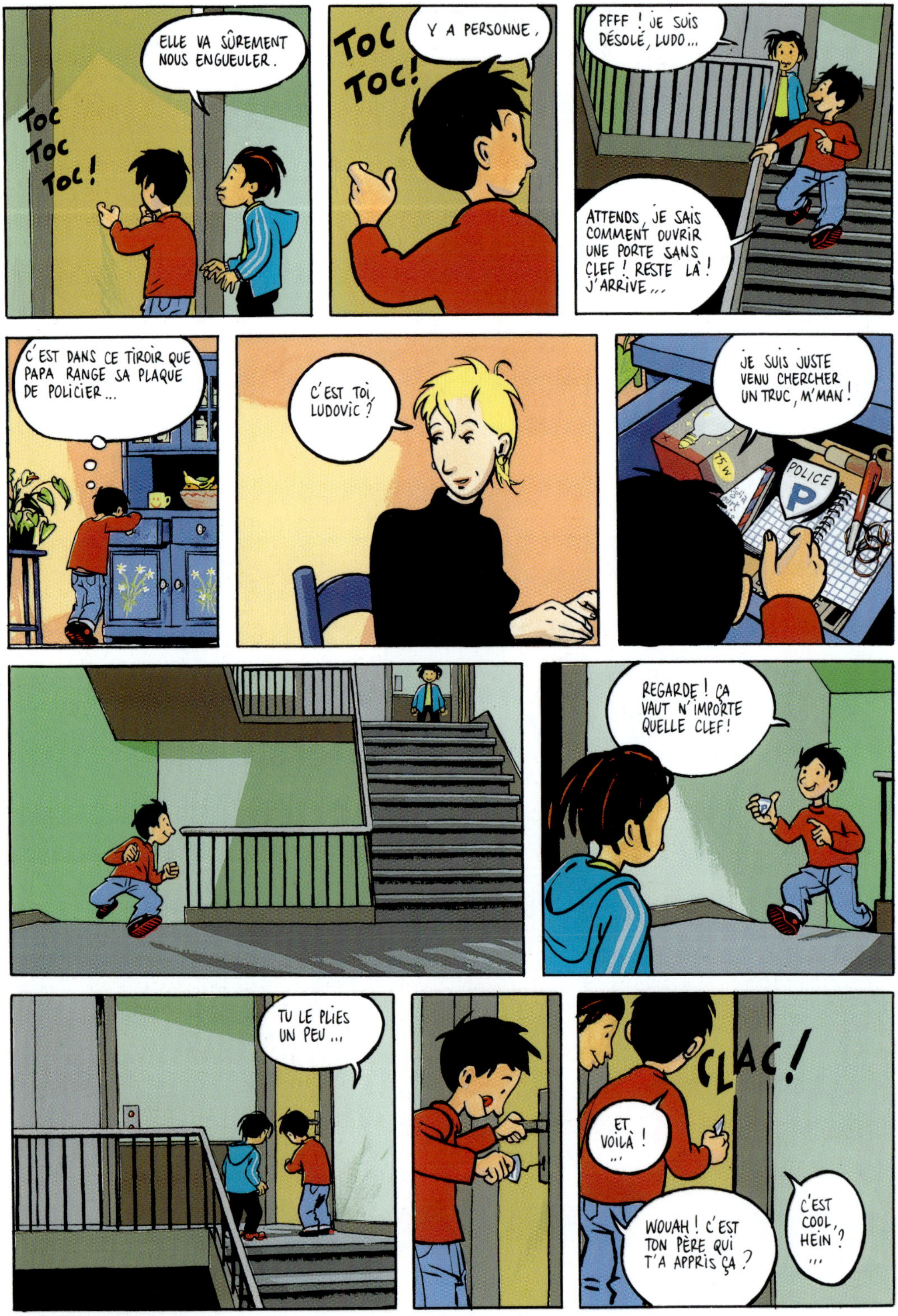
ELLE VA SÛREMENT NOUS ENGUEULER.
TOC TOC TOC !
TOC TOC !
Y A PERSONNE.
PFFF ! JE SUIS DÉSOLÉ, LUDO...
ATTENDS, JE SAIS COMMENT OUVRIR UNE PORTE SANS CLEF ! RESTE LÀ ! J'ARRIVE...
C'EST DANS CE TIROIR QUE PAPA RANGE SA PLAQUE DE POLICIER...
C'EST TOI, LUDOVIC ?
JE SUIS JUSTE VENU CHERCHER UN TRUC, M'MAN !
75 W
POLICE
P
REGARDE ! ÇA VAUT N'IMPORTE QUELLE CLEF !
TU LE PLIES UN PEU...
CLAC !
ET VOILÀ ! ...
WOUAH ! C'EST TON PÈRE QUI T'A APPRIS ÇA ?
C'EST COOL, HEIN ? ...

ATTENTION ! ELLE... ELLE EST LÀ !!
ELLE DORT ? ... OU BIEN ... ELLE ...
... VAURIENS ! ... SALOPARDS ! ...
ELLE DORT ... ELLE... ELLE PARLE EN DORMANT...
CASTAR
EH, LUDO ! REGARDE ÇA ...

C'EST ELLE ! LA VIEILLE TOUPIE ... AVEC DES CLASSES D'ENFANTS !
C'ÉTAIT UNE PROF !?
IL A DÛ LUI EN ARRIVER DES TRUCS POUR QU'ELLE DEVIENNE COMME ÇA, MAINTENANT...
J'AI GROSSI ET J'AI VIEILLI, TOUT SIMPLEMENT !
COMMENT ÊTES-VOUS ENTRÉS ?
EUH ... PAR LA PORTE,... JE ...
MAIS ON S'EN VA TOUT DE SUITE, VOUS SAVEZ ...
POURQUOI ? JE VOUS FAIS PEUR ?
OUI ... ENFIN, NON ... JE VEUX DIRE ...
JE SUIS LAIDE, C'EST ÇA ? VOUS NE M'AIMEZ PAS PARCE QUE JE SUIS GROSSE ET VIEILLE, HEIN ?
C'EST PLUS FACILE DE SE MOQUER DE MOI ...
ON NE VOUS AIME PAS PARCE QUE VOUS CRIEZ TOUT LE TEMPS SUR NOUS !
C'EST NORMAL QUE JE CRIE !
AVANT, J'ÉTAIS LA PRÉFÉRÉE DES PROFS, MES ÉLÈVES M'ADORAIENT. PUIS J'AI ÉTÉ MALADE ET JE SUIS DEVENUE COMME ÇA ... MONSTRUEUSE !
... J'AI PERDU MON TRAVAIL ET J'AI VIEILLI TOUTE SEULE ...
ET SI JE NE CRIAIS PAS, VOUS NE SAURIEZ MÊME PAS QUE J'EXISTE, ... LES GENS COMME MOI, ON PRÉFÈRE LES OUBLIER !
HEU... V... VOUS POURRIEZ SOURIRE...

SOURIRE ?!
B... B... BEN OUI... SOURIRE AUX GENS...
AVEC LA BOUCHE...
SOURIRE...
CASTAR
REGARDEZ ! VOUS LISEZ DES BANDES DESSINÉES ?
JE CROIS QUE JE N'AI PLUS OUVERT DE LIVRE DEPUIS...
VENEZ ! ON VA LA LIRE ENSEMBLE. ÇA, C'EST UN TRUC QUI MET DE BONNE HUMEUR !
BIGRE, POURVU QUE CE FICHU MULTIPLICATEUR TIENNE LE COUP !
BOING
HA, HA ! OUI ÇA MARCHE, CET ENGIN EST FORMIDABLE !
OH NON ! LA VOITURE !
SKROONK !
MA VOITURE ! MA VOITURE !
HEM... HEM... BONSOIR, COMMISSAIRE...
HA HA HA HA HA HA HA HA HA HA HA HA HA HA HA HA !
CASTAR
fin
Lapière Bailly

Le troisième frère
RRRRRRRR
RRRRRRR...?
HUH ?!

UUUHRGMGNF...
LUCIE, VIENS ICI !
... GNFGRRRRR
C2

HÉ!!
Kaïï!
PLAF!
BIGRE!
PASCAL, ÇA VA ?
STOOMY!
HoooOOoooo
MON DOS...
STOOMY! T'AS VU C'QUE T'AS FAIT ?!
AH! TU FAIS MOINS LE FIER MAINTENANT!
JE T'AI DÉJÀ DIT QUE TU DEVAIS RESTER AU BORD DU TERRAIN!
ALLEZ, VA!
WOUAH! WOUAH!

J'AI DIT : ASSIS AU BORD DU TERRAIN !
WOUAH WOUAH !
ATTENDS, DAVID... J'AI UN TRUC POUR STOOMY.
Gruber & Shon
STOOMY, REGARDE-MOI BIEN.
MIAAAOuuu !
KAÏ KAÏ KAÏ
IL A PEUR DES CHATS ?!
CE CHIEN EST VRAIMENT DINGUE...
AH, C'EST MALIN !
HA HA HA !
MAINTENANT, IL VA SE CACHER AU FOND DU PARC ET ÇA VA ÊTRE QUELQUE CHOSE POUR LE RETROUVER !
BAH... IL REVIENDRA BIEN TOUT SEUL.
ALORS, LES MECS ON JOUE OU QUOI ?
ÇA VA MIEUX, TON DOS ?
J'CROIS, OUI.
ZZZZZZZZ

PASSE ! PASSE !
AH ! VOICI L'INSPECTEUR CASTAR !
L'inspecteur CASTAR dans "DUNK d'enfer"
CE JOUR-LÀ, ALORS QU'IL ENTRAIT DANS LE BAR DE P'TIT LOUIS, L'INSPECTEUR CASTAR ÉTAIT DE MAUVAISE HUMEUR...
QU'EST-CE QUE JE VOUS SERS, INSPECTEUR ?
UNE BIÈRE.
DITES DONC, C'EST LE NOUVEL UNIFORME DE POLICE QUE VOUS PORTEZ LÀ ?
GARDE TON HUMOUR POUR TOI, P'TIT LOUIS !
DEPUIS QUE JE PORTE CE TRUC, TOUTES LES MISSIONS POURRIES SONT POUR MOI, JE N'ARRIVE PLUS À DORMIR, ET MON APPARTEMENT EST UN VÉRITABLE CHANTIER !
AH, BON ?!
BOK
C'EST UN MULTIPLICATEUR DE FORCE ET JE SUIS COINCÉ DEDANS !... IMPOSSIBLE D'EN SORTIR... LE MOINDRE DE MES GESTES EST...
KLIINK
FLOTCH

ET VOILÀ ! C'EST TOUJOURS AINSI, PAS MOYEN DE CONTRÔLER MA FORCE !
TIENS ... JE PAIE POUR LE VERRE AUSSI.
TAK
VOUS POURRIEZ M'OUVRIR LA PORTE ? J'AI PEUR DE LA CASSER ...
BOEL
CAFE ROTULE
GAZ
EH BEN DITES DONC !
T'AS VU ÇA, PLATEGUEULE ?
OUAIS, P'TIT LOUIS, J'AI VU ET ENTENDU.
MÊME QUE ÇA ME DONNE UNE TRÈS MAUVAISE IDÉE !
OUAiiiiS ! 18 À 10 !

?!
...UN TERRAIN DE BASKET-BALL...
HÉ ! LES MÔMES ! JE PEUX JOUER AVEC VOUS ?
ON EST EN TRAIN DE SE FAIRE PILER ! 'FAUT FAIRE QUELQUE CHOSE !
VALENTINE BLOQUE TOUS MES SHOOTS ...
PLAF!
ELLE EST TROP FORTE ... IL NOUS FAUDRAIT LE MULTIPLICATEUR DE CASTAR ...
AH OUI ! ET HOP ! ET HOP ! ON EN MARQUERAIT, DES PANIERS !
IL FAUT QUE JE M'HABITUE À JOUER AVEC CE QUE JE TRIMBALE SUR LE DOS...
BOP
ATTENTION, J'ESSAIE ...

ET HOP!
BIGRE! C'EST VRAI QUE LE MULTIPLICATEUR DE FORCE ME PERMET BEAUCOUP DE CHOSES!
ALLEZ, LES MÔMES! ESSAYEZ DE ME PRENDRE LA BALLE!
HOP
HOP
HOP
EH BIEN QUOI ?... VOUS NE JOUEZ PLUS ?
BEN...
ÇA SERAIT MIEUX QUE VOUS NOUS RENDIEZ NOTRE BALLE, M'SIEUR.
C'EST PAS DRÔLE AVEC VOTRE... MACHINE...
ON PRÉFÈRE JOUER ENTRE NOUS.

VOUS AVEZ SANS DOUTE RAISON...
KRINK
STUPIDE MACHINE...
BAZAR
C'EST BIEN À VOUS, CE CHIEN ?
STOOMY !
LES CHIENS DOIVENT ÊTRE TENUS EN LAISSE DANS LE PARC !
IL COURAIT SANS CESSE DERRIÈRE LES CRAPAUDS DE L'ÉTANG EN ÉCLABOUSSANT TOUT LE MONDE ! J'AI DÛ ME JETER À L'EAU POUR...
KWÂK !
STOOMY, NON !

WOUAH! WOUAH!
KWÂK!
STOOMY ! REVIENS !
WOUAH WOUAH!
KWÂK ...
VOUS SAVEZ, C'EST PARCE QU'IL EST JALOUX QU'IL FAIT ÇA ! ...
JE NE VEUX RIEN SAVOIR ! JE VOUS EXPULSE DU PARC !
MAIS, ATTENDEZ ...
DAVID ÉLÈVE DES CRAPAUDS CHEZ LUI ET STOOMY PENSE QUE DAVID AIME MIEUX SES CRAPAUDS QUE LUI. VOUS COMPRENEZ ? C'EST POUR ÇA !
J'AI DIT : DEHORS !
MAIS LÂCHEZ-MOI ! QU'EST-CE QUI VOUS PREND ?!
?!
UNE SIMPLE VÉRIFICATION, CE NE SERA PAS LONG.
M'EN FICHE D'VOT' VÉRIFICATION !
BING! BING!
ALLONS ... SOYEZ RAISONNABLE ET SUIVEZ-NOUS.

QU'EST-CE QU'ILS FONT ?
HAHA!
ILS VONT NETTOYER LE PARC DE TOUS LES CLOCHARDS !
HOLÀ !
ET MOI JE FAIS LA MÊME CHOSE AVEC VOUS ! QUE CET ENDROIT RETROUVE ENFIN LE CALME ET LA SÉRÉNITÉ QUI LUI SIÉENT ALLEZ ! ALLEZ ! DÉPÊCHEZ-VOUS !
MA MÈRE DIT : SI ON EST MÉCHANT COMME ÇA, C'EST QU'ON A MANGÉ SES CROTTES DE NEZ QUAND ON ÉTAIT PETIT.
HI, HI ...
Grüber & Shon
GNNN!
KSHHH!
BLBLBLBL!
HHHHR!
TOK!

CASTAR
OUPS, LE BOUQUIN ...
POURQUOI ILS FONT ÇA ?
TU SAIS QUELQUE CHOSE, LUDO ?
BEN NON ...
J'AI PAS VU MON PÈRE AVEC EUX ... JE LUI DEMANDERAI CE SOIR, P'T-ÊTRE QU'IL POURRA ME DIRE.
Y CHERCHENT SANS DOUTE DES DROGUÉS, DES TRAFIQUANTS OU DES CLANDESTINS.
... OU DES VOLEURS D'ENFANTS !
OUAIS ... MALHEUREUSEMENT, LES BOUFFEURS DE CROTTES DE PIF NE LES INTÉRESSENT PAS ...

..., IL NE M'A RIEN DIT, LUDO ...
BRR
... JE SUPPOSE QU'IL NE VA PLUS TARDER ...
BLAM
...HOP!
ZOP
HOP
HOP!
PANIER!
JE SUIS DÉSOLÉ, MAIS JE NE FAIS QU'ENTRER ET SORTIR ...
POURQUOI ? TU ES EN MISSION CETTE NUIT ENCORE ?
TOUTES LES VOITURES SONT MOBILISÉES ! MISSION SPÉCIALE, IL PARAÎT.
TU VAS ARRÊTER DES CLOCHARDS ?
QUI T'EN A PARLÉ ?

Y AVAIT PLEIN DE POLICIERS DANS LE PARC TOUT À L'HEURE... POURQUOI VOUS FAITES ÇA ?
JE NE SAIS PAS... LES ORDRES VIENNENT DU MAIRE LUI-MÊME. NOUS DEVONS RETROUVER UN HOMME, UN CLOCHARD, EFFECTIVEMENT.
QU'A-T-IL FAIT POUR MÉRITER CELA ?
C'EST UN VOLEUR D'ENFANTS?
SHHH
C'EST CONFIDENTIEL, MAIS J'AI CRU COMPRENDRE QUE LE MAIRE AGISSAIT SUR BASE D'UNE PLAINTE DE GRÜBER & SHON.
GL GL
GRÜBER & SHON... ÉVIDEMMENT...
QUE VEUX-TU Y FAIRE ? BON, FAUT QUE J'Y AILLE.
POURQUOI ? C'EST QUI, GRÜBER & SHON ?
HÉ, P'PA! C'EST QUI ?
DES HOMMES D'AFFAIRES, LUDO... DES GENS TRÈS RICHES ET TRÈS PUISSANTS.
BONNE NUIT, FISTON... QUAND JE RENTRERAI, TU DORMIRAS CERTAINEMENT DEPUIS LONGTEMPS.
FICHU MÉTIER... SI JE POUVAIS TROUVER AUTRE CHOSE...
SOIS PRUDENT.
DILING DILING !
MEKTOUB
STROUX

15
SHOCK
J'L'AI FAIT ! J'AI EU CASTAR ! J'AI RÉUSSI ! HA, HA, HA !
LE FAMEUX MULTIPLICATEUR DE FORCE EST À NOUS !
AVEC CET APPAREIL, CE SERA FAIT EN QUELQUES MINUTES. C'EST DÉJÀ ÉTONNANT QUE PERSONNE N'Y AIT PENSÉ AVANT NOUS !
ZRRRR
ZRR
RRIIIIIIIII
AÏE !
QUE FAITES-VOUS LÀ ?!

C' EST...C'EST VOUS, INSPECTEUR...
VOUS VOULIEZ VOUS DÉBARRASSER DU MULTIPLICATEUR... VOUS DISIEZ...
DE QUOI JE ME MÊLE ?!
LE MULTIPLICATEUR ET MOI, C' EST UNE AFFAIRE PERSONNELLE ET J'ENTENDS BIEN LA RÉGLER SEUL ! QUANT À VOUS, JE VOUS ARRÊTE POUR VOIE DE FAIT SUR UN INSPECTEUR DE POLICE !
ET EN ATTENDANT...
HOP, PANIER !
DILING
DILING
DILING DILING
PUF
PUF
ATTENDEZ ! ATTENDEZ !
LA PROCHAINE FOIS, VOUS PASSEREZ LA NUIT DEDANS. L'HEURE, C'EST L'HEURE !
JE ME SUIS ENDORMIE, C'EST TOUT ! PUF ! PUF !

BEN ?!
...
MOK MOK
OÙ EST MON CASTAR ?
BIGRE DE BIGRE !
OÙ PEUT-IL BIEN ÊTRE ?!
AH ! MAIS ...
DAVID ! DAVID !
BOM BOM BOM
QUOI ? QU'EST-CE QU'Y A ?
C'EST TOI QUI AS MON CASTAR ? CELUI OÙ IL JOUE AU BASKET ...
NON ...

FLÛTE ! J'L'AI PERDU ... IL EST NULLE PART !
TU NE L'AURAIS PAS OUBLIÉ DANS LE PARC ?
QUE SE PASSE-T-IL ICI ?
J'AI PERDU MA NOUVELLE BÉDÉ DE CASTAR !
TU CHERCHERAS DEMAIN, LUDO... MAINTENANT, IL EST L'HEURE D'ALLER DORMIR.
OUI, MAIS SI JE L'AI OUBLIÉ DANS LE PARC, ON VA ME LE PIQUER OU ...
EH BIEN, TANT PIS ! ÇA T'APPRENDRA À MIEUX PRENDRE SOIN DE TES AFFAIRES.
REGARDE, DAVID EST DÉJÀ EN PYJAMA. IL EST TEMPS D'ALLER AU LIT.
CE SERA DE TA FAUTE, SI ON ME LE VOLE !
QUE ÇA TE SERVE DE LEÇON. DE TOUTE FAÇON, LE PARC EST FERMÉ À CETTE HEURE.
ALLEZ .. NE RÂLE PAS TROP LONGTEMPS ... BONNE NUIT, LUDO.
KLIK !
ET MOI, JE VEUX MON CASTAR.

J'EN AI POUR CINQ MINUTES... ELLE NE S'APERCEVRA DE RIEN...
OUAILLE!
SCRITCH
IL EST SÛREMENT PRÈS DU TERRAIN DE BASKET...

HÉ ! REGARDE UN PEU, LÀ !
DE LA LUMIÈRE ...
NORMALEMENT, LE PARC EST FERMÉ, NON ?
MMMH ...
MMMH...

C'EST CECI QUE TU CHERCHES ?... NE CRIE PAS, JE TE LE RENDS ... JE SUIS UN AMI ...
MMMH ...
ÉTEINS TA LAMPE !
CASTAR
JE ... JE NE VOIS PLUS RIEN ! ...
LAISSE TES YEUX S'HABITUER À L'OBSCURITÉ.
ÇA VA DÉJÀ MIEUX, NON ? ...
ÇA A DISPARU.
BAH ... SANS DOUTE UN PHARE DE VOITURE DE L'AUTRE CÔTÉ DU PARC ... RIEN DE GRAVE...
TU AS PEUR ?
JE ... JE ... JE NE PEUX PAS PARLER À UN INCONNU.
IL N'EST PAS IMPORTANT DE PARLER.

CE N'EST PAS TON LIVRE DE CASTAR QUE TU ES VENU CHERCHER ? ... TU PEUX PARTIR, JE NE TE RETIENS PAS ... SIMPLEMENT, ÉVITE D'UTILISER TA LAMPE ...
VOUS ... VOUS ÊTES LE ... BANDIT RECHERCHÉ PAR LA POLICE ?
JE NE SUIS PAS UN BANDIT. MAIS C'EST BIEN MOI QUE LA POLICE RECHERCHE ...
POURQUOI ?
ÇA N'A PAS D'IMPORTANCE.
AVEC VOUS, Y A JAMAIS RIEN QUI EST IMPORTANT.
BON, ÉCOUTE : JE M'APPELLE TIM. J'AI DEUX FRÈRES PLUS ÂGÉS QUE MOI. LE PREMIER S'APPELLE GRÜBER ET LE SECOND SHON ...
GRÜBER & SHON !?!
OUI, GRÜBER & SHON. ILS SONT RICHISSIMES ET DONNENT DES ORDRES À DES MILLIERS DE PERSONNES. MAIS EN FAIT, ILS SONT PRISONNIERS DE LEURS AFFAIRES. UN PEU COMME TON CASTAR ...
LE MULTIPLICATEUR DE FORCE DE L'INSPECTEUR CASTAR LUI PERMET DE FAIRE DES CHOSES FANTASTIQUES, MAIS EN MÊME TEMPS, IL LE RETIENT PRISONNIER. À TEL POINT QU'IL VEUT PARFOIS S'EN SÉPARER, N'EST-CE PAS ?...
C'EST LA MÊME CHOSE POUR MES DEUX FRÈRES. C'EST LA RAISON POUR LAQUELLE J'AI REFUSÉ DE FAIRE COMME EUX.
C'EST POUR ÇA QUE TU ES CLOCHARD ?
JE NE SUIS PAS UN CLOCHARD ... LES CLOCHARDS N'ONT PAS CHOISI DE L'ÊTRE. SIMPLEMENT, JE VIS DANS LES PARCS DE LA VILLE ...
ET ... TU ... TU VIS TOUT SEUL ? TU N'AS PAS DES ENFANTS OU ...
22
... J'AI LA MUSIQUE ... ET LES ARBRES ...

BEN ... POURQUOI LA POLICE TE CHERCHE, ALORS ?
ÇA ... C'EST LE PROBLÈME. QUAND ON EST RICHE ET PUISSANT, ON FINIT PAR VOULOIR IMPOSER SA FAÇON DE VOIR LES CHOSES À TOUT LE MONDE ... TU VOIS, MES DEUX FRÈRES NE SUPPORTENT PAS QUE JE SOIS DIFFÉRENT D'EUX ...
ÇA LES REND MALADES DE ME SAVOIR COMME JE SUIS, ILS PRÉFÉRERAIENT ME VOIR PRISONNIER, ENTRAVÉ ...
ET ILS FONT APPEL À LA POLICE POUR ÇA ?!
HÉ OUI ...
MAIS NE FAIS PAS CETTE TÊTE-LÀ ! CE N'EST PAS IMPORTANT ! CE N'EST PAS LA PREMIÈRE FOIS QU'ILS ME FONT RECHERCHER.
LA POLICE NE ME TROUVERA PAS, ELLE FOUILLE LES RUES, LES MAISONS ET LES VOITURES, MAIS ELLE NE PENSE JAMAIS À LEVER LES YEUX DANS LES ARBRES...
ET LA PLUPART DU TEMPS, ELLE CONFOND MA CLARINETTE AVEC LE CHANT DES OISEAUX, HA, HA !
TU DEVRAIS RENTRER CHEZ TOI MAINTENANT.
OUI.
TU VEUX GARDER MON CASTAR ?
MERCI, MAIS NON ... JE L'AI LU ET CELA ME SUFFIT. PAR CONTRE, JE VOUDRAIS ... JE VOUDRAIS QUE TU ME DISES TON PRÉNOM ...
LUDO.
... EH BIEN ... BONNE NUIT, LUDO.

UNE HEURE ET DEMIE ... ET VICTOR N'EST TOUJOURS PAS RENTRÉ ...
OUPS ! ...
WZZ
ELLE NE M'A PAS VU ... J'ESPÈRE QUE ...
BLAM

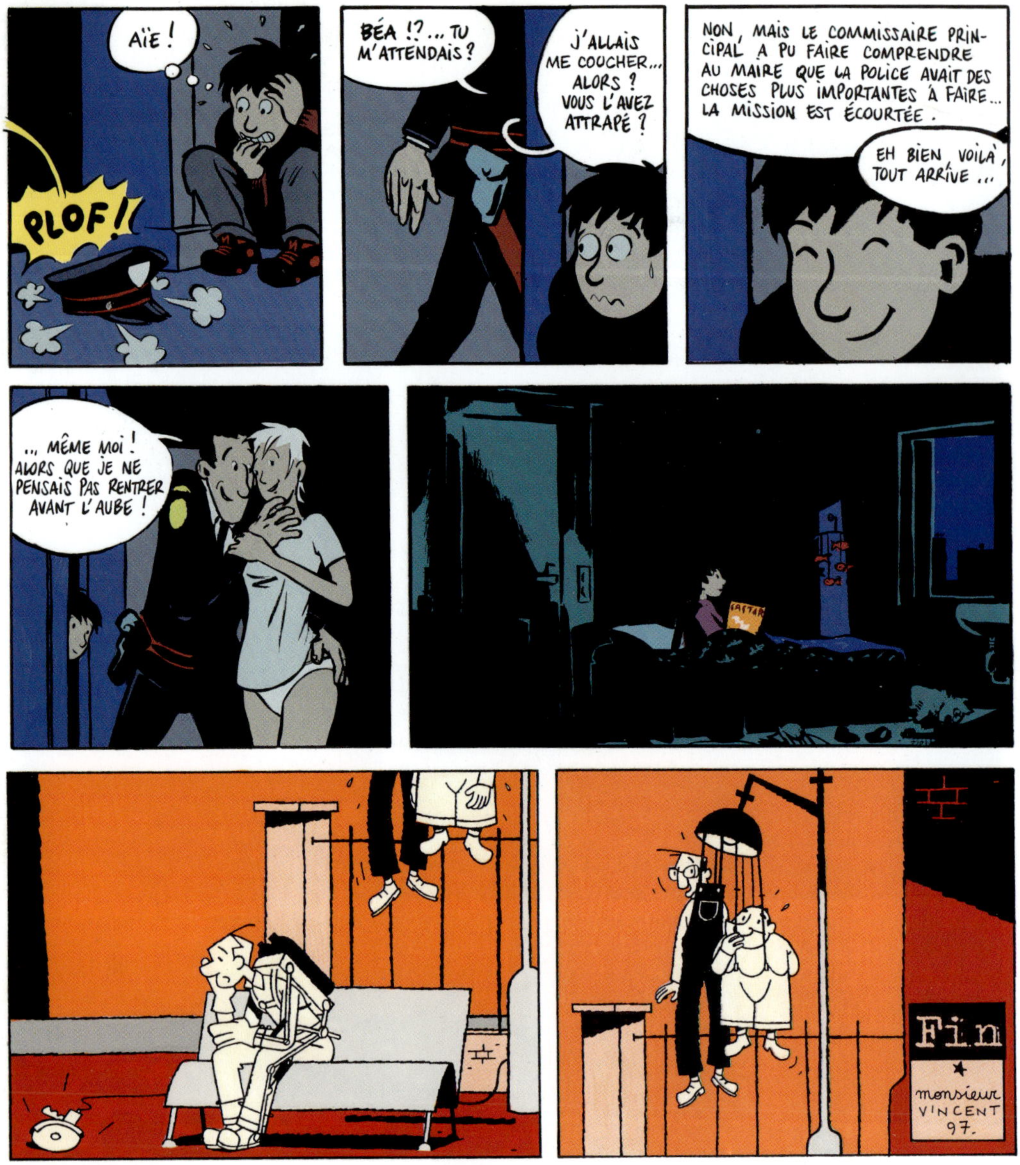

Bailly
Mathy
Lapière
1997

fin